D0578145

Melody's Mystery

El Misterio de Melodía

To every child who has watched a butterfly take wing, and in doing so has released his or her own imagination to soar on the breeze.

Beautiful America Publishing Company©
P.O. Box 646
Wilsonville, Oregon 97070

Library of Congress Catalog Number 91-4557

ISBN 0-89802-604-0

Design: Michael Brugman
Linotronic output: LeFont Typography
Printed in Hong Kong

MELODY'S MYSTERY
EL MISTERIO DE MELODÍA

Text and Photography by
Diane Kelsay Harvey
and Bob Harvey

Melody's grandmother didn't know there was a mystery as she fluttered from garden to garden sipping nectar from flowers on a warm July morning. But she tucked a secret message into each of the eggs she laid on milkweed plants along her way.

Una cálida mañana de julio, la abuela de Melodía revoloteaba de un jardín a otro bebiendo el néctar de las flores. Ella no sabía que había un misterio, pero ocultaba un mensaje secreto en cada huevo que ponía en las matas de la seda.

Even Melody's mother had no idea there was a mystery. As she flew from pasture to pasture in August laying her eggs, she also tucked the clue into each egg.

Because she was a monarch butterfly, she placed each egg carefully along the underside of a leaf on a milkweed plant. On most plants, she placed only one egg.

Hasta la mamá de Melodía no tenía idea de que había un misterio. En agosto ella volaba de pradera en pradera ocultando también una pista en cada huevo que ponía.

Siendo una mariposa monarca, ponía cada huevo cuidadosamente en la parte trasera de las matas de la seda. En la mayoría de las plantas ponía unicamente un huevito.

It was mid August when Melody began life as an egg, attached to a milkweed leaf. She didn't know anything about the mystery either. It wasn't time yet.

Era a mediados de agosto cuando Melodía empezó su vida como un huevo pegado a una hoja de mata de la seda. Ella tampoco sabía nada acerca del misterio. Todavía no era hora.

After three days, Melody burst through her egg wall as a little tiny caterpillar. She was less than a centimeter long.

She began to eat right away. Being hungry was no mystery. After eating her eggshell, she began to eat the leaf her egg was attached to.

Después de tres días, Melodía salió de su cascarón como una pequeñísima oruga. Medía menos de un centímetro de largo.

Empezó a comer inmediatamente. Tener hambre no era un misterio. Después de comerse su cascarón, se empezó a comer la hoja en la cual el huevo había estado pegado.

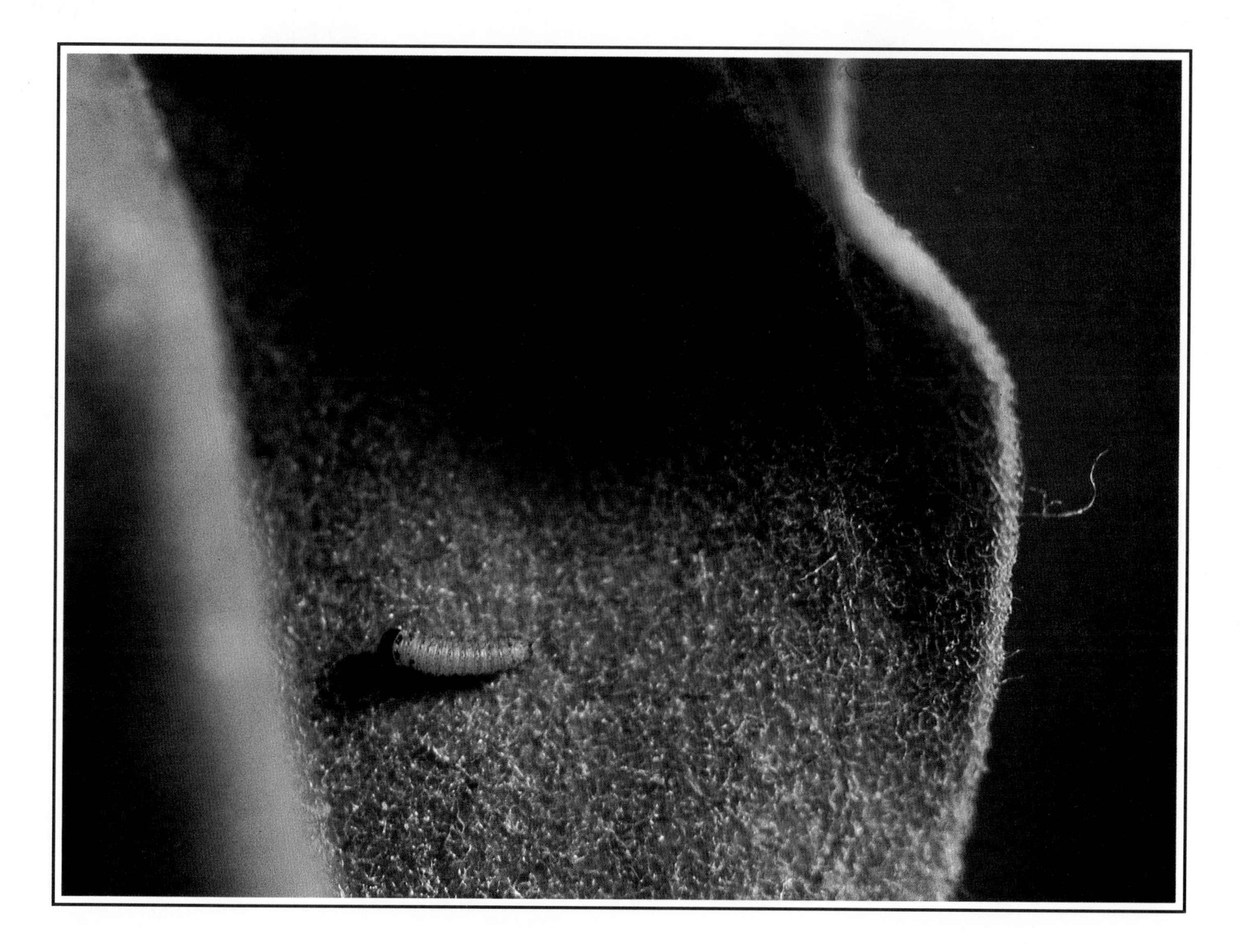

Melody began to grow. Her only food was milkweed. This was important, because milkweed not only helps young monarch caterpillars grow, but it keeps birds from wanting to eat them.

As a caterpillar, Melody was dressed in stripes. She had little black spikes at both ends. And lots of feet. She looked like every other little monarch caterpillar.

Melodía empezó a crecer. Su única comida era mata de la seda. Esto era importante, porque la mata de la seda no solo ayuda a que crescan las pequeñas orugas monarcas, sino también evita que se acerquen los pajaros que se las comen.

Como una oruga, Melodía estaba vestida de rayas. Tenía pequeños piquitos negros adelante y atras que parecían antenas, y muchos piés. Se parecía a cualquier otra oruga monarca.

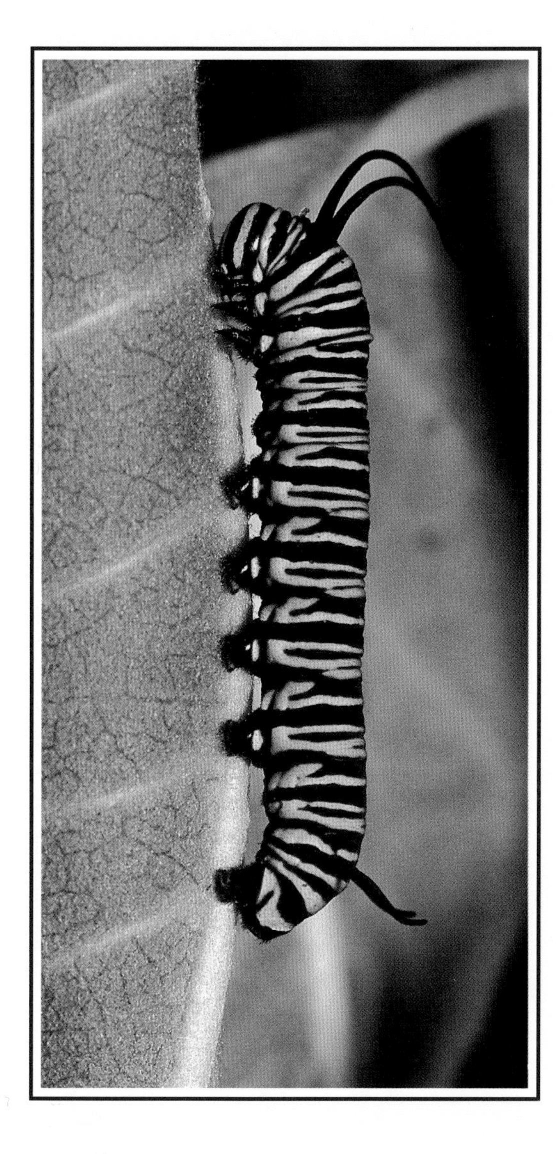

As Melody grew, she began to travel around the plant. She was looking for the tastiest parts of the plant. Now, she needed whole leaves for her meals.

Sometimes she would eat her way in from the outside of a leaf. Other times she would start in the middle and eat a window into the leaf. She would peak through the window as she made it bigger.

Mientras Melodía crecía, empezó a viajar por la planta. Estaba buscando los lugares más sabrosos. Ahora, necesitaba hojas enteras para su comida.

A veces se comía la hoja de afuera para adentro. Otras veces empezaba en medio haciendo una ventana en la hoja. Se asomaba por la ventana mientras se la comía y la hacía más grande.

When Melody had been out of the egg for 14 days, something amazing began to happen. A pale green stripe began to show on her underside. Melody became restless. She raced up and down and all around. Finally, she attached her back legs to the center vein on one leaf. She let go with her other legs and hung in a "J" shape.

But this still wasn't the mystery.

Cuando Melodía había estado fuera de su huevo 14 días, algo sorprendente empezó a suceder. Una raya de color verde claro empezó a aparecer en su parte inferior. Melodía se puso inquieta. Corrió para arriba y para abajo y por todas partes. Finalmente, sujetó sus patas traseras a la vena central de una hoja. Se dejó ir y quedó colgada alrevés en forma de J.

Pero esto todavía no era el misterio.

All night she hung like that, barely moving. Then, sometime the next morning, she began to swing and shake. Melody was changing. Her skin split apart. Underneath was a shiny green skin. Melody had a whole new shape. She wasn't a caterpillar any more. Now she was a chrysalis.

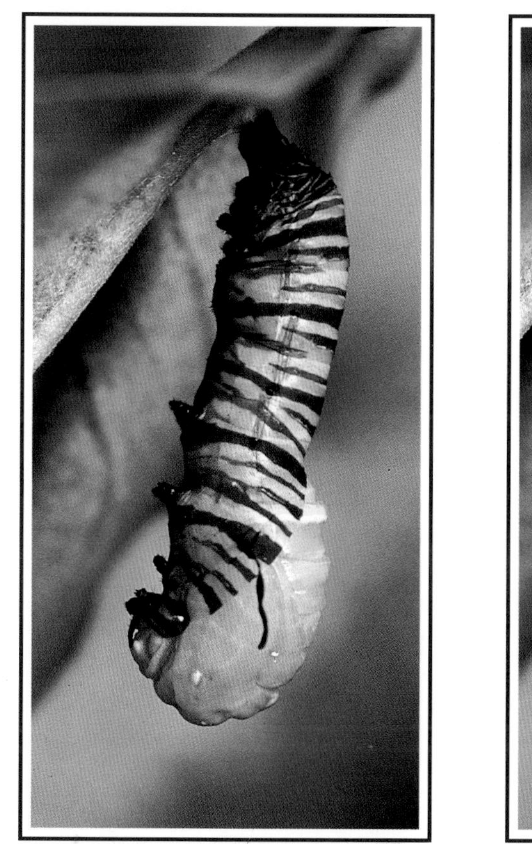

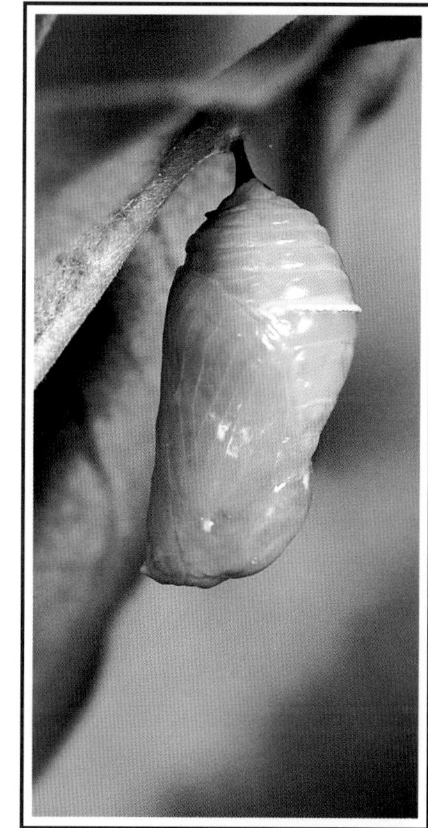

Toda la noche se quedó colgada así, apenas moviéndose. La siguiente mañana, se empezó a columpiar y a sacudir. Melodía estaba cambiando. Su piel se partió. Debajo había una piel verde brillante. Melodía tenía una nueva forma. Ya no era oruga. Ahora era una crisálida.

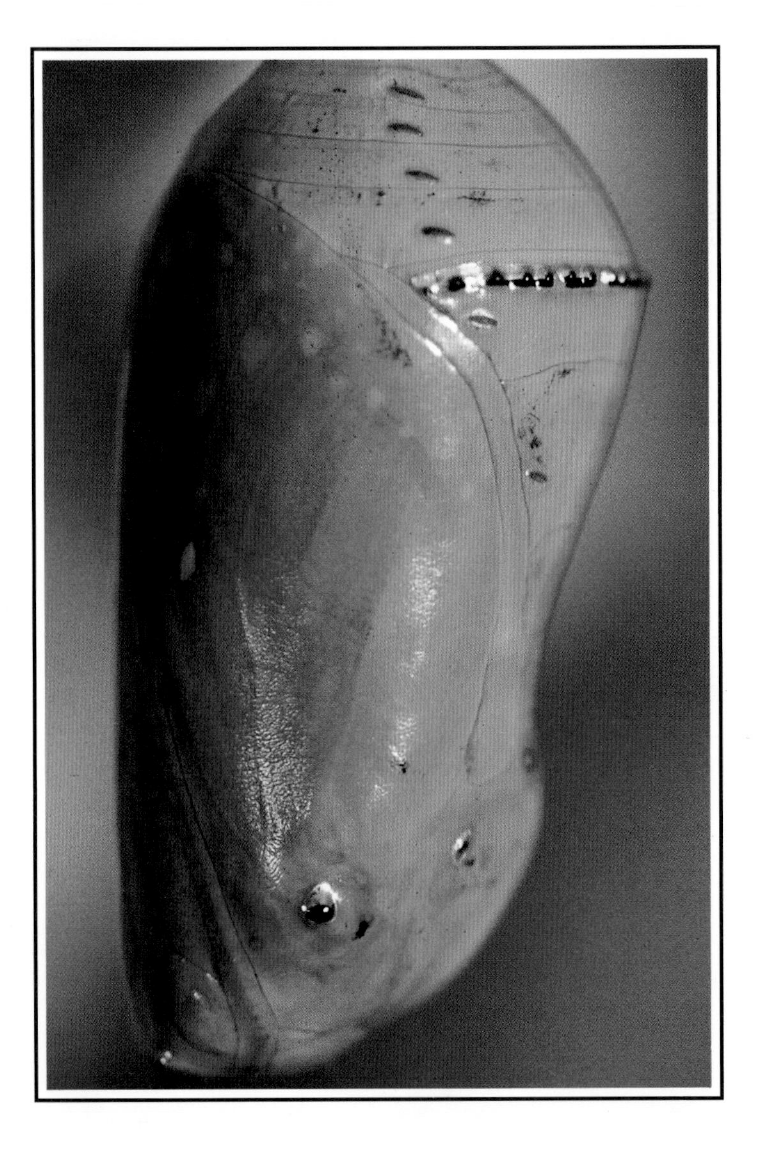

For the next ten days, she hung as a chrysalis. Inside, Melody was changing, slowly. Gold spots appeared and sparkled in the sunlight. The color of the chrysalis began to change and darken. Gradually the patterns of a butterfly's wings began to show through the transparent skin.

Durante los siguientes diez días, colgaba como una crisálida. Adentro, Melodía estaba cambiando lentamente. Manchas de color de oro aparecieron y centellaban con la luz del sol. El color de la crisálida empezó a cambiar y a oscurecerse. Gradualmente el diseño de las alas de una mariposa comenzó a aparecer mediante la piel transparente.

On the eleventh day, the chrysalis split open. Melody slipped out and hung from the empty chrysalis. She slowly extended her wings and became an adult monarch butterfly.

No, this wasn't the mystery, either.

En el onceavo día, la crisálida se abrió. Melodía salió y se colgó de la crisálida vacía. Lentamente, extendió sus alas y se convirtió en una mariposa monarca adulta.

No, este no era el misterio tampoco.

Her new legs trembled as a breeze ruffled her wings. She opened and closed the new wings, slowly. And, then, she was off. Flying for the first time.

There were so many things to do. So many flowers to visit.

Sus patitas nuevas temblaron cuando una brisa agitó sus alas. Ella abrió y cerró sus alas nuevas, lentamente. Y después, se fué volando por primera vez.

Había tantas cosas que hacer. Tantas flores que visitar.

One morning, there was a chill in the air. And, Melody knew about the mystery. She knew that she had to fly south. So south she flew. She found other monarchs flying south, too. They gathered together as they flew. Soon there were big groups of monarchs, and they all kept flying south.

Una mañana, se sentía el frío en el aire. Melodía supo el misterio. Ella sabía que tenía que volar al sur. Así es que se dirigió al sur. Se encontró a otras monarcas que también estaban volando en la misma dirección. Se empezaron a juntar y pronto había grandes grupos de monarcas, todas volando hacia el sur.

So *this* was the mystery. The monarchs didn't know where they were going. None of them had ever been there before. But they knew which way to go. And they knew when they arrived. They stopped high in the mountains west of la Ciudad de México (Mexico City). Other monarchs had already arrived.

Así es que éste *era el misterio. Las monarcas no sabían a donde iban. Ninguna había estado alli antes. Pero sabían que camino debían tomar, y también sabían que reconocerían el lugar a donde iban. Se detuvieron en las montañas al oeste de la Ciudad de México. Otras monarcas ya habían llegado.*

Melody and the other monarchs had flown to the wintering places that monarchs visit in Mexico. About 10 million butterflies gathered at Rosario, the place where Melody had come. They would spend the winter together.

Melodía y las otras monarcas se habían reunido en Rosario. Rosario es un lugar en México donde alrededor de diez millones de mariposas llegan a pasar el invierno.

They clustered together in the trees. There were so many butterflies that they covered the trees completely.

Las monarcas se amontonaron en los árboles. Había tantas mariposas que cubrían a los árboles completamente.

On warm days, many of the monarchs would fly from tree to tree, flower to flower, and visit streams for water.

En días más calientes, muchas de las monarcas volaban de un árbol a otro, de flor en flor y también iban a visitar los arroyos para tomar agua.

By late winter, the temperatures were warming. Spring was coming, time to leave Rosario. Melody mated and then left to fly north. She would find milkweeds to lay eggs on. And, in her eggs would be a secret message. A message that would be passed on and on until next fall when the mystery flight would once again happen.

Al final del invierno, las temperaturas se empezaron a elevar. Venía la primavera que era la hora de irse de Rosario. Melodía se apareó y se fue volando hacia el norte. Encontraría matas de la seda en donde poner sus huevos en los cuales dejaría un mensaje secreto. Un mensaje que sería pasado de generación en generación hasta el próximo otoño cuando el vuelo misterioso volvería a suceder.

In North America, monarchs winter in two locations. Those living east of the Rocky Mountains (green) winter in large groups west of Mexico City. Western monarchs (purple) winter in smaller clusters near the California coast at locations 1-10.

In the warmer months, monarchs spread out from the wintering sites to cover much of the continent. Several generations pass, living several weeks each, before the monarchs once again gather and fly to their wintering sites. Monarchs are the only known migrating butterfly in the world.

En America del Norte, las monarcas pasan el invierno en dos lugares. Las que viven al este de las montañas rocallosas (verde) pasan el invierno en grandes grupos al oeste de la Ciudad de México. Las monarcas que viven al oeste de las montañas rocallosas (rosa), pasan el invierno en grupos más pequeños cerca de la costa de California en los lugares nombrados de 1-10.

En los meses más cálidos, las monarcas se dispersan y cubren la mayor parte del continente. Varias generaciones pasan antes de que las monarcas se vuelvan a reunir para volar a los lugares invernales. Las monarcas son las únicas mariposas en el mundo de las que se sabe, que emigran.

1. Santa Monica
2. Ventura
3. Pismo Beach
4. Morro Bay
5. San Simeon
6. Pacific Grove
7. Santa Cruz
8. Muir Beach
9. Bolinas
10. Bodega Bay

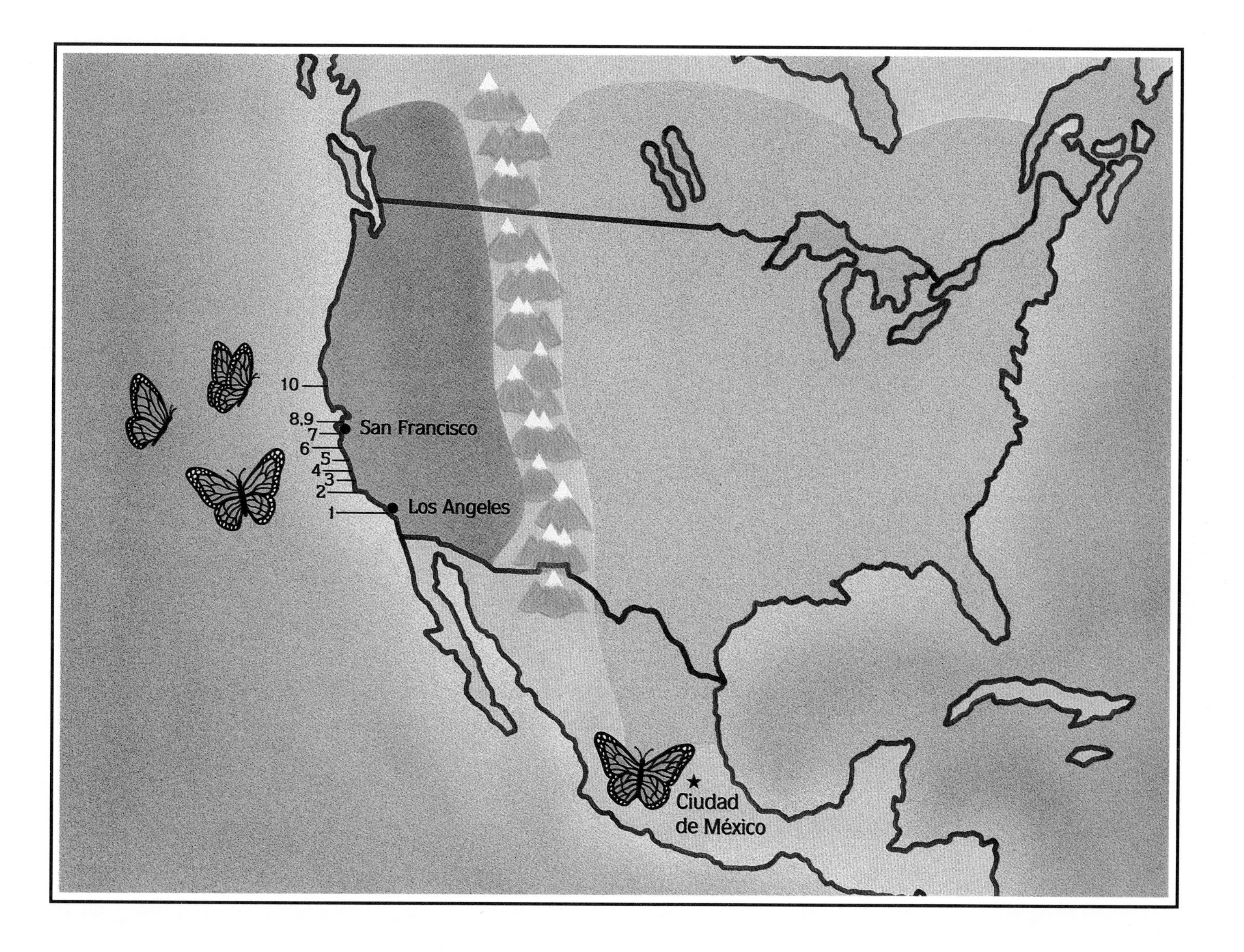
10
8,9
7
6
5
4
3
2
1
San Francisco
Los Angeles
Ciudad
de México

While monarchs are not a threatened species, they do have serious problems. Wintering locations in California are threatened by development. In Mexico, the forest sites are at risk from villagers who cut trees. The Mexican government and Monarca, a group of people who want help the monarchs, are working together to preserve these important wintering sites.

In many places, milkweeds are destroyed by farmers and gardeners. Monarch eggs must be attached to milkweeds. We can all help monarch butterflies by finding milkweeds and protecting them or by collecting milkweed seeds and planting them in safe places. We can also help by not using pesticides, which kill butterflies and many other helpful insects.

Aunque las monarcas no son una especie en peligro, sí tienen problemas serios. Los lugares donde pasan el invierno en California están amenazados por el desarrollo. En México, los bosques están en peligro por la gente que corta árboles. El gobierno mexicano y Monarca, un grupo de gente que quiere ayudar a las mariposas, están trabajando juntos para preservar estos sitios invernales tan importantes.

En muchos lugares, las matas de la seda son destruidos por granjeros y jardineros. Los huevos de las monarcas tienen que estar pegados a las matas de la seda. Todos podemos ayudar a las mariposas monarcas al encontrar matas de la seda y protegerlas, o al colectar semillas de mata de la seda y plantarlas en lugares seguros. También podemos ayudar al no usar pesticidas que matan mariposas y otros insectos importantes.

Two groups are very interested in protecting monarch butterflies. If you want to learn more about how you can help, write to them:

Dos grupos están muy interesados en proteger a las mariposas monarcas. Si deseas aprender más acerca de como ayudar, escríbeles a:

Monarca
Avenida Constituyentes 345-806
México City 11830
México

The Monarch Project
of the Xerces Society
10 Southwest Ash Street
Portland, Oregon USA 97204

About the Authors/Photographers

Diane Kelsay Harvey and Bob Harvey operate IN SYNC Productions, specializing in nature/travel photography and multi-image productions. Their philosophy in designing this series is that people are more likely to work for solutions to environmental problems when they have developed a caring interest. Having created communications projects for environmental organizations from several countries, they have concluded that creating an eco consciousness in the world's youth is one of the most important steps toward addressing global issues.

The authors would like to thank Carlos Gottfried of Monarca, Katrin Snow of The Monarch Project, and Dr. Art Evans of the Natural History Museum of Los Angeles County for their assistance. A special thanks goes to Paul Runquist, Carol Davidson, David Peaks, and Sharon Lehman. The authors are most grateful to Ana Laura Tello, for her Spanish translation.

Rivendell Nature Series

By telling the life story of Melody, this book teaches readers and listeners about both the life cycles and unique migration phenomenon of monarch butterflies. Readers learn natural history, geography, language, cultural and environmental lessons.

Books in this series are reviewed by educators from the Rivendell School, a noted private non-profit primary education group. Each book in the Rivendell Nature Series must meet the criteria of providing learning opportunities in the field of natural resources while engaging young readers in a compelling story.

The Rivendell educators have prepared learning activities for individuals and school groups related to monarch butterflies. For a list of materials, please write:

Melody Monarch
Rivendell School
301 East Stuart Street
Fort Collins, CO 80525